네모
마음

네모 마음

발행일	2017년 7월 3일		
지은이	서 은 종		
펴낸이	손 형 국		
펴낸곳	(주)북랩		
편집인	선일영	편집	이종무, 권혁신, 송재병, 최예은, 이소현
디자인	이현수, 이정아, 김민하, 한수희	제작	박기성, 황동현, 구성우
마케팅	김회란, 박진관, 김한결		
출판등록	2004. 12. 1(제2012-000051호)		
주소	서울시 금천구 가산디지털 1로 168, 우림라이온스밸리 B동 B113, 114호		
홈페이지	www.book.co.kr		
전화번호	(02)2026-5777	팩스	(02)2026-5747

ISBN   979-11-5987-651-6 03810(종이책)   979-11-5987-652-3 05810(전자책)

이 도서의 국립중앙도서관 출판예정도서목록(CIP)은 서지정보유통지원시스템 홈페이지(http://seoji.nl.go.kr)와 국가자료공동목록시스템(http://www.nl.go.kr/kolisnet)에서 이용하실 수 있습니다. (CIP제어번호: CIP2017015207)

(주)북랩 성공출판의 파트너

북랩 홈페이지와 패밀리 사이트에서 다양한 출판 솔루션을 만나 보세요!

홈페이지 book.co.kr · **블로그** blog.naver.com/essaybook · **원고모집** book@book.co.kr

네모
마음

사진·글 **서은종**

네모 사진이 들려주는 마음 이야기

북랩 **book** Lab

내 눈엔

보이네요

네모 사진이

무슨 말을

하는 것처럼

당신도

같이

봤으면

하는 마음에서

몇 자

적어봤어요

네모의

마음을

궁금하네요

당신은
어떻게 보일지

네모의
마음이

서은종

← 뒤돌아 봄(春)

! 아하(下)

? 물음(習)

↔ 오고 감(感)

풀어 버리고 싶은데

열쇠가 어디에 있을까요

몇 년간 공부해서
어렵게 취직을 했대요

그런데
일도
사람도
맞지 않았나 봐요

결국엔
그만 뒀다고 해요

그러고는
다시 취직을 했대요

그런데
고민이래요

일도
사람도
맞지 않아서

뚫고 지나가네요

생선을 먹다가
가시가 목에 걸린 것처럼

자꾸만
당신의 말이
마음에 걸리네요

어찌 보면
별일도 아닌데

어찌 들으면
별말도 아닌데

자꾸만 생각이 나네요

시간이 지나면 괜찮아질까요

그래도
전처럼 웃지는 못하겠죠
상처 난 마음은

나가고 싶어요

그런데 나갈 수 없어요

소개팅에서
이상형을 만났어요

그런데
자기 이상형이
아니라고 하네요

그래도
마음을 바꾸기 위해
노력했어요

결국
마음을 얻었다고 믿었죠

그런데
알고 봤더니
갇힌 거였어요
어장에

그 사람
이름은
'세상'이었어요

친하게 지내던 옆 동료와
말다툼을 한 후로
인사도
말도
하지 않는 사이가 되었어요

그렇게 일 년을 보냈어요

어느 날
옆 동료가 무슨 말을 하는데
전혀 들리지 않는 거예요

그래서
몇 번을 다시 물어봤어요

겨우
무슨 말인지 알았는데
몇 시간이 지나자
무슨 말을 했는지 기억이 안 나는 거예요

아무리 가까이 있어도 들리지 않았어요
마음의 거리가 멀어지니

마음이 멀어져

가까이 있어도

주차를 하는데
경보음이 울리네요

아직
더 가도 될 것 같은데

그래도
더 가지 않고 주차를 했어요

내려서 보니
공간이 너무 많이 남아 있었어요

그래서
자동차 시동을 걸고
조금만 더 뒤쪽으로 가서 주차를 했어요

여전히
경보음은 울렸어요

당신 마음 같을까요

다가오지 말라고

당신
저 안에
있을까요

내 심장이
묻네요

쿵쾅쿵쾅

그곳에 가끔
와요
내가 좋아하는 그 사람이

그래서
그곳에 갈 때마다
궁금해져요

그 사람이
있을지

하지만
오늘은
오지 않았네요

그래도
심장은 아직 뛰고 있어요

그 사람이
곧 올 것 같아서

그늘을 만들어 주네요

더운 여름날
베짱이가 선풍기 바람을 쐬며
한가로이 쉬고 있었어요

그런데
갑자기 바람이 불더니
선풍기가 넘어져 버렸어요

잠시 후
선풍기가 넘어진 자리에서
개미떼가 나오기 시작하네요

사실
개미가 선풍기를 돌리고 있었던 거였어요

혹시 지금
편히 쉬고 있다면
살펴볼래요?

가까이에 개미가 있는 건 아닌지

알 듯 말 듯
보일 듯 말 듯

사고 싶은 카메라가
하나 있어요

그런데
조금 있으면
신제품이 나온다고 해서
기다리고 있어요

동료가
어제 맞선을 보고 왔대요

약간 마음에 들긴 한데
더 좋은 사람을 만날 수도 있을 것 같아서
망설여진대요

그 동료의 마음에서
내 카메라를 봤어요

보았어요

오랫동안

작았던 당신이
자라서 꽃을 피우고
앙상하게 말라가는 것을

거기에서
몇 년을 보았어도
아직 당신을 모르겠는데

오늘
하루 본
당신을 어찌 다 알 수 있을까요

그런데도
왜 다 아는 것처럼
그러는 건지

그건 아마도
오래 보지 않아서 그런 거겠죠
오래 보면 함부로 말 못해요
내 마음이 아파서

하늘에 선이 하나 있었어요

처음엔
같이 이야기도 하고
어려울 때 도와주기도 하면서
버팀목이 되었죠

그런데
나뭇가지 하나가 먼저 그 선에 가까이 갔어요

그것을 본 다른 나뭇가지들이
그 선에 가까워지려고
서로 말도 안 하고
도와주지도 않았어요

그러던 어느 날
비바람이 세차게 불어
꺾여 버렸어요
선에 가까이 갔던 나뭇가지들은

더 잘 보이고 싶나요

오늘 처음 만난 분이
인사를 하면서
몇 살인지 묻네요

나이를 말했더니
나보다 어리다며
반말을 하네요

그래도
오늘 처음 만난 사이인데
기분이 좋지 않았어요

여기까지가
반성일기에 적은 내용이에요

반말을 한 그분은
'나'예요

천천히 주차해 봐요
서서히 늘어나도록

마음에 주차할 땐

스며들어서

형광등 불빛이
약해졌네요

서서히 그랬을 텐데
눈치채지 못했어요

알게 됐는데도
아깝기도 하고
귀찮기도 해서
그대로 뒀어요

그러다가
완전히 빛이 들어오지 않아
깜깜한 밤을 보냈어요

날이 밝아져서
그 사람에게 형광등을 바꿔달라고 말했어요
듣는 척도 안 하네요

약해졌나 봐요
마음의 불빛도

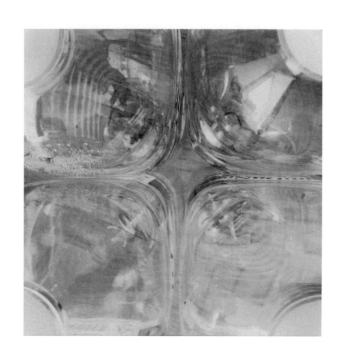

색이 없기에

흰색 종이와 검은색 종이가 있었어요

알록달록 물감이 옆을 지나가다가
흰색 종이와 검은색 종이 위에서 쉬었어요

흰색 종이에는 물감이 번져
휘황찬란한 무늬가 생겼지만
검은색 종이는 아무런 변화가 없었죠

얼마 지나지 않아
모든 물감이
흰색 종이 위에서 쉬고 있었어요

흰색 종이인가요, 검은색 종이인가요
당신은

마주보고 있나요

피하고 있나요

구두를 샀어요

그런데
요술구두 같다고
놀리는 거예요

처음에는
그냥 웃으며 넘겼는데
계속 그러니
나중엔 화가 났어요

그래서
그 구두를 신지 않았죠

그랬더니
더 이상 놀리지 않았어요

당신에게도
이런 구두가 있나요

무거운 짐을 들고 가는데
친구가 들어준다고 해서
짐을 조금 나눠줬어요

그랬더니
한결 가벼워져서
좋았죠

그런데
소문이 돌았어요
내가 친구한테 짐을 넘겼다고

믿었을까요
아니면
단지 덜고 싶었을까요
마음의 짐을

설마
라는 생각에
풀었다가

만약에
라는 생각에
다시 매요

주전자 물 끓는 소리가 들려요

방 안에서
불 줄이라는 엄마 소리가 들리네요
물이 넘친다며

나가 보니 물이 넘치고 있었어요

엄마는 보이나 봐요
소리만 들어도

며칠 전
친구와 다툰 게 생각나네요

엄마가 계셨다면 보셨을까요
넘치는 마음을

넘치는 소리로

멈춰야 할 때를

복잡하고 시간이 오래 걸릴 것 같아서
쉬운 일부터 처리하려고
잠깐 미뤄뒀어요

그런데
자꾸 일이 생기다 보니
해결을 못한 채
시간이 가버렸네요

그러다가
한참 지나서
미뤄 놓은 일이 생각났지만
이미 처리기한이 지나 있었어요

그 일은
'그 사람과 대화하기'였어요

지나가 버려요

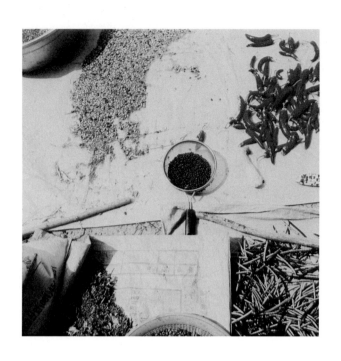

학생은 책상을

농부는 마당을

글에서
당신의 마음이 느껴지네요

전과는 다른
차갑고 무관심한 마음이

그래서 더 조급해졌나 봐요
마음을 돌리려고

그런데
그런 마음이
부담을 줬나 봐요

부담스럽다는 글에서
화가 난 당신의 마음을 느꼈어요

결국
당신은 떠났어요
미안하다는 마음을 남긴 채

그리 크지 않은 소리도
내겐 감당 못할 만큼
크게 들릴 때

'세상'이라는 스피커를
꺼 버리고 싶어요

소음제거기가 있대요

요즘에
예민해져서 그런지
별 소리도 아닌데도
신경이 쓰여서
하나 샀어요

소음제거기를 켜니
아무 소리도 들리지 않아 좋았어요

그런데
어느 날부턴가
소음제거기를 켜지 않아도
아무 소리도 들리지 않았어요

어쩌죠
전보다 훨씬 신경이 쓰여서 불편하네요
당신 목소리도 들리지 않으니

다 들려요

잠깐
앉아서 쉬고 있는데

누군가가
내 이야기를 하네요

불편해서
일어서려 하다가
무슨 이야기를 하는지
궁금해서
계속 들었어요

듣다 보니
억울하기도 하고
속상하기도 하고
일어나서
변명이라도 하고 싶었는데
그럴 수 없었어요

그분들 모습에
내 모습이 보여서

입을 벌린 하마가 있었어요

다물려고 해도
턱관절이 움직이지 않아 어쩔 수 없었어요

어떤 날은 무슨 일이 있냐고 묻기도 하고
어떤 날은 왜 웃느냐고 화내기도 했어요

항상 그대로인데

이유를 설명하니
더 이상 묻지도 화내지도 않았어요

알았을까요

왜 그렇게 보였는지

어이가 없어서 웃는 걸

재미있어서 웃는 줄 알았어요

줄다리기를 했어요

그런데
하기 싫어서
줄만 잡고 있었어요

결과는
우리 편이 졌어요

내가 열심히 잡아 당겼다면
이겼을까요

괜한 죄책감이 들었어요

일을 하다가도 문득 물음이 생겨요
줄만 잡고 있는 건 아닌지

이번엔 이길까요

따로따로

아니면

옹기종기

핸드폰을 잃어버렸어요

찾아도 보이지 않아서
전화를 해 보았어요

신호음은 들리는데
벨소리는 들리지 않고

그래서
기억을 더듬어 봤어요

거기에 놓고 왔나?
생각이 드는 곳이
몇 곳 있었어요

지금 거기에 가보려 해요
당신도 같이 갈래요?
그것을 찾으러

말하지 않아도

점심 메뉴로
돼지 수육이 나왔어요

앉아서 먹으려고 하는데
옆에 있던 분이
오돌뼈가 많다며
그분의 수육과 내 수육을
바꿨어요
젊으니까 먹을 수 있다며

순간
어이가 없기도 하고
화가 나기도 했지만
그냥 먹었어요
오돌뼈를 발라내고

그래도
덕분에
그분의 마음을 보았어요

오돌뼈 같은 마음을

보이네요

가벼움도 뭉치면

가볍디가벼운 깃털이
하나둘 모이니
매서운 추위도
끄떡없이 막아 주었어요

그런데
옷 틈새로
깃털이
하나둘 빠져나갔어요

모두들 길동무가 되어
어디론가 날아가 버리고

옷에는 하나의 깃털만이
남아 있네요

그때 왜 날아가지 못했을까요
거기가 더 편했을까요

지금도
거기가 더 편할까요

부럽지 않아요

나무가 없었더라면
뜨거운 햇볕에
시들었을지도 모르고

나뭇잎이 아니었더라면
영양실조로
말랐을지도 모르는데

사람들은
나무가 부럽지 않냐고
묻네요

같이 있어서
고맙기만 해요

정말
고맙기만 해요

책을 읽는다는 건
글이라는 복도를 지나가다가
의미라는 낯선 사람을 마주치는 것과
비슷할까요

매번 만나는데도
좀처럼 가까워지지가 않네요

행간에 숨겨진 의도를
알아챘다는 건
오래된 사이라도 어려울 텐데

순간의 시간에
알기란 쉽지가 않을 테죠

언젠간 가까워질까요
의미라는 그 사람과

낯선 건물 복도가 느껴지네요

당신의 얼굴에서

분명
거기 있었는데

아무도
몰라주네요

가끔은
누군가가
내 이름을 불러주는 것만으로도
고맙기도 해요

조금씩
누군가의 기억에서
잊혀 간다고 해도
너무 실망하지 않을래요

그래도
나는
나를 기억하니까

거기 있었나요!

거기 있었어요?

핸드폰 소프트웨어 업데이트를 하던 중에
잠깐 자리를 비웠는데
조카들이 가지고 놀다가
업데이트가 중단이 되었나 봐요

다시 핸드폰을 켜려고 해도
켜지지 않았어요

조금만 기다렸다면
완료가 되었을 텐데
아쉬움이 남았네요

그런데
그 다음 날 혹시나 해서
다시 전원 버튼을 눌렀는데
켜졌어요

혹시 무응답에 불안해하고 있나요
잠시만 기다려 보세요

감정 회복 중이에요

계란후라이를 만들려고 해요

계란을 깨뜨려 넣고
기름을 부은 다음
후라이팬을 달구나요

조급한 마음에
순서를 무시할 때가 있어요

그럴수록
엉망이 되어 버렸어요

가까워지고 싶은 욕심에
너무 빨리 다가가고 있지 않나요

그러다가
아무것도 보이지 않을 수가 있어요

너무 앞질러서

안전거리를 지켜 주세요

마음을 주행할 때도

← 뒤돌아 봄(春)

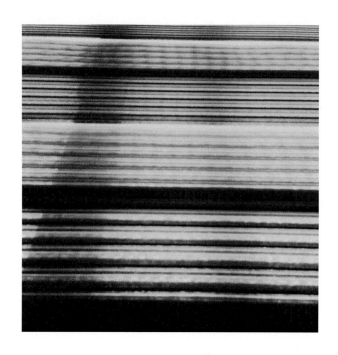

그 시절을 그리워하나요

자고 있는 사이에
누군가 병문안을 다녀갔대요

혹시나
그 사람인가 하는 생각에 나가 봤어요

저 멀리
누군가가 가고 있었어요

불러도 불러도 대답하지 않다가
겨우 멈춰 섰는데

얼굴을 보자마자
꿈에서 깼어요

고개를 돌린 그 사람은
젊은 시절의 나였어요

어쩌면 지금일지도 몰라요
그리운 그 시절이

괜찮아요

벌써 몇 번째 말했을 거예요

내 이름을요

그래도

할머니는 기억 못 해요

괜찮아요

볼 때마다 웃어주는 것만으로도

고맙고

감사해요

할머니는 무섭나 봐요

점점 잊어가는 게

점점 잊히는 게

그래도

전 기억할게요

할머니 이름

시들어도 예뻐요

예뻤던 그 모습
내 눈에 남아 있으니까

내 눈에는 여전히

스무 살 당신이 보이는데

사람들은 당신이

늙었다고 말하는구려

아무래도

세월이 내 눈은 비켜갔나 보오

내 눈에는 여전히

스무 살 당신이 보이는 걸 보면

고맙구려

덕분에 곱고 어여쁜 당신을 볼 수 있으니

- 할아버지 편지 중에서 -

오늘도
할머니는 할아버지를
기다리시나 봐요

하루 종일
창문 밖만 바라보시네요

하지만
할아버지는 오래전 돌아가셨어요

요즘 들어
치매증상이 심해지시네요

그래도
그대로인가 봐요
할아버지를 기다리는 그 마음은

컵 나오는 곳

당신이 오기만을 기다리는

마음처럼

길을 가다가
참새 무리가 모여 있어서
사진을 찍으려고 다가갔는데
모두 날아가 버렸어요

혹여나
다시 올지도 몰라서
잠시 기다려봤어요

그런데
시간이 지나도
올 기미가 보이지 않아
그냥 왔어요

와서 생각해 보니
좀 더 기다릴 걸 그랬나?
후회하는 마음이 생겼어요

혹여 누군가를 기다리나요
후회는 하게 돼요
기다려도
기다리지 않아도

기다리나요

잠이 오지 않을 때면
피아노 연주 음악을 들어요

고요한 호수에
작은 돌멩이를 던지면
잔잔한 소용돌이가 생기는 것처럼

내 마음에도
잔잔한 울림이 퍼지는 듯해요

애잔하기도
격하기도 한
피아노 선율에 빠져 들어가네요

마치
인생이라는 음악에 빠져드는 것처럼

격하기도
애잔하기도 한

울려요

내 마음에도

조금만 있으면
이별해야 해요

보내기 싫은데
어쩔 수 없어요

몸은 가벼워지겠지만

한편으론
마음이 무거워지겠죠

그래도
곧 다시 만날 수 있을 테죠
또 다른 모습으로

구름에서 내리는 비를 보며
자신의 모습이 보였을까요
나를 임신한 엄마 눈에는

왠지
당신이 오는 날엔

내 마음에
당신이 내려

내 눈에
고이는 것만 같아요

마음이 아프면

더운 여름날에도
긴팔을 입고 다니던
친구가 있었어요

어렸을 때
팔에 화상을 입은 후로
긴팔만 입고 다닌다고 했어요

왜 긴팔만 입는지 물을 때마다
보여주고 싶지 않은 마음을 보여줘야만 했던
그 친구의 마음은 어땠을까요

무심한 말이
마음에 상처를 내고
마음을 숨기게 하는 건 아닌지

쉽게 말할 수 없는 이유에 대해
물을 때마다
생각이 나네요
긴팔만 입고 다니던 그 친구가

따뜻하게 보듬어 주는

누군가의 장독대

무지개를 담기도
별을 담기도
했겠죠

비록
이젠 품에 있지는 않아도

품었던
그 온기
잊히지 않아서

평생
따뜻하게
감싸주나 봐요

엄마는

가을이

걸렸네요

지문이 묻어 있어요

어디에서

어떻게

묻었는지

기억은 나지 않지만

묻어 있네요

잉크가 손에 묻어

만지는 것마다 묻듯이

추색(秋色)이라는 잉크가 묻어

만지는 것마다

묻어 있어요

가을이라는 무늬가

책을 다 읽었는데
기억에 남는 게 없었어요

그래서
목차를 다시 보면서
상상해봤어요

학교 졸업을 하는데
뭘 배웠는지
기억에 남는 게 없었어요

그래서
시간표를 다시 보면서
상상해봤어요

어땠을까요
끝나기 전에 이렇게 했다면

잎만 보고 있나요

뿌리는 못 본 채

어릴 적
할머니의 얼굴 주름은
내게 거부감을 주었어요

시간이 흘러
내 얼굴에도
하나둘 주름이 잡힐 때쯤

가까이에서
내 얼굴을 보는 게
싫었죠

어느 날
할머니의 옛 사진을 보면서
주름을 하나씩 지워 나가 봤어요

주름이 사라지자
할머니의 삶도 사라지는 듯했어요

그때쯤 알았을까요
주름이 삶의 흔적이라는 것을

가려져 있어요

살짝 가까이 와서 보실래요

항상 거기에 있을 거라고

모진 말도 서슴지 않고 했는데

그게 오히려
나에게 고스란히
부메랑이 되어
돌아오네요

이제라도
지워버리고 싶은데
지워지지가 않아요

어쩔 수 없어요
좋은 기억으로
덮을 수밖에

더 늦기 전에
지금이라도
해야겠어요

그날이 오기 전에
헤어지는 연습을

가둔 건가요

갇힌 건가요

처음엔

단지

혼자 있는 게

편해서

그랬어요

그런데

나중엔

그런 사람이

되어 있었어요

그러려고 그런 게

아니었는데

나가려고 해도

자꾸만 밟히네요

혼자 있던 그 자리가

잡고 있나요

수영을 배운 적이 있어요

물에 들어가니 무서워서
몸에 힘이 잔뜩 들어갔어요

한 달 정도
몸에 힘을 빼고
물에 떠 있는 연습만 했어요
마치 나를 버리는 연습을 하는 것처럼

가끔
아니라는 걸 알면서도
버리지 못할 때가 있어요

그럴 때면
나를 버리는 연습을 해요
물에 떠 있는 상상을 하면서

괜찮을까요

이 정도쯤은

서점에 들렀다가
예쁜 엽서를 발견했어요
계산하려고 하는데
뒤에서 누군가가
뭐라고 하는 소리가 들렸어요

뒤돌아보니 아저씨 한 분이 서 있으셨어요
계속 기다리고 있었는데 새치기하면 어떡하냐고 하길래
나도 모르게
"엽서 한 장이에요"라고 했더니
"나는 책 한 권인데"라고 했어요

순간
아차 싶어서
"죄송합니다" 하고는
그분 뒤에 섰어요

그날 이후로
'이까짓 것쯤이야'라는 생각이 들 때마다
뒤돌아보게 되네요
누군가가 부르는 것 같아서

저분도 힘들겠어요

항상 하늘만 바라보는

노량진에서
공부해본 적 있어요

새벽 별을 보고 나가서
저녁 별을 보고 들어 왔었죠

사는 게 그게 다가 아닌데
그땐 그게 다라고 생각했어요

그래도 그때가 없었더라면
지금의 나도 없었겠죠

가끔 생각이 나요
그때 같이 공부했던 사람들이

그 사람들도 생각이 날까요
그때 같이 공부하던 내 모습이

하늘만 바라보고 살던 내 모습이

저 멀리
친한 친구의 뒷모습이 보여서
이름을 크게 불렀죠

그런데
그 친구가 아니었어요

그 후론
뒷모습으로 앞모습을 상상해 봐요

그럴까?
그럴 리가!

낯익은 모습에서
낯선 모습을 볼 때

생각이 나네요
그 친구 이름이
이·확·신

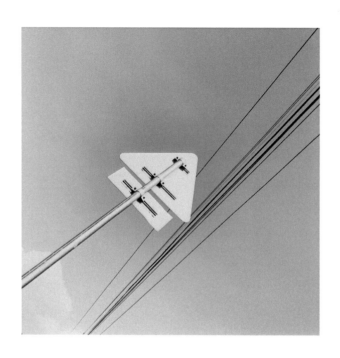

그런가요

정말

그럴까요

카멜레온이 나무에서
쉬고 있었어요

지나가던 토끼가
녹색의 카멜레온을 보았어요

친구 토끼를 만나자
방금 녹색 카멜레온을 봤다고 했더니
카멜레온은 갈색이라고 하네요

서로 자기의 말이 맞다며
한참 실랑이를 하다가
직접 확인해 보자며
카멜레온을 찾아갔어요

나무에서 쉬고 있던 카멜레온은
녹색도 갈색도 아니었어요
그럼 무슨 색이었을까요

첫인상 5초의 법칙

엘리베이터 문보다 야박해요

상담을 하러 갔더니
뜨거운 차 한 잔을 주셨어요

처음엔
너무 뜨거워서
마실 수가 없었죠

시간이 지나자
마실 수 있을 만큼
적당히 따뜻해졌어요

그런데
이야기하느라
다 마시지 못했네요

나중에 상담이 끝나고
마시려니까
차가워서
마실 수가 없었어요

당신 앞에 뜨거운 차 한 잔이 놓여 있나요
언제 마실 건가요

순간의 아쉬움

앉고 싶어도

대학시절
좋아하는 사람이 있었어요

어느 날
그 사람 옆자리가 비어있어서
앉고 싶었지만

괜히 소문이 날까 봐
앉지 못했어요

그렇게 시간이 흐르고
우연히 알게 되었어요
그 사람도 날 좋아했었다는 걸

지금 앉고 싶은 자리가 있나요
기다리고 있을지도 몰라요
당신이 앉기를

조심해요

순식간에
무너져 내리는
감정의 낭떠러지

신입시절
궁금한 게 있어서
전임자이셨던 분에게
물어본 적이 있었어요

그런데
그분이 화를 내셨어요

따져 묻는 게
언짢다며

궁금해서 물어본 건데
배려하지 못했나 봐요
그분의 입장을

나중에 생각해 보니
나도 모르게
그분을 밀어버렸나 봐요
감정의 낭떠러지로

닿을 수 있을까

불안하기도 막연하기도 했지만
간절함이 어느샌가 꿈이 되어있었어요

꿈이 된 그 순간
변화하기 시작했어요

빨리 일어나게 되고
열심히 노력하게 되고

그렇게
시간이 흐르더니

어느 날
바뀌어 있었어요
꿈이 현실로

사실
처음엔 닿을 수 없는 거리였는데

아주 작을 때는
자전거가 갖고 싶었어요

조금 커서는
오토바이가 갖고 싶었고

조금 더 커서는
자동차가 갖고 싶었어요

지금은
다 가졌어요

그런데
자꾸만 눈이 가네요
빈 옆자리에

어제부터 시작된 두통이
조금 쉬니까 나아졌어요

덕분에
아프지 않은 것에
감사함을 느꼈어요

그분이 오셨어요

반갑지 않은 그분이

기억을 더듬다보니
거기가 떠올랐어요

확인해 보니
불행하게도
거기가 맞았어요

분명히 줄이라고 그랬을 텐데
왜 가버렸을까요

후회하면서
보내드리고 왔어요

속도위반 범칙금 통지서 그분을

멈추라고
신호를
보냈을 텐데

시험 볼 때
다들 잘 풀고 있는지
힐끔 훔쳐보는 마음이 드네요

벽 너머 주위를 볼 때면

절에 갔더니
연못에 잉어들이 돌아다녔어요

한참
구경을 하다가 집에 왔어요

그러고는
잊고 살았는데
횟집 옆을 지나가다가
수족관 안의 물고기들을 봤어요

그때서야
연못 속 잉어들이 생각났어요

잘 있을까요
잉어들은

시간을 거꾸로

돌릴 수 있다면

어릴 적 가지고 놀던
장난감 자동차가 있었어요

자동차 바퀴를 뒤로 밀면
태엽이 감겨져
앞으로 가는 거였어요

어른이 되어
장난감 자동차가 하나 생겼어요

바퀴를 뒤로 밀면
태엽이 감겨져
앞으로 가야 하는데
자꾸 뒤로만 가네요

들여다보니
태엽에
무언가 끼어 있었어요

그것은 '후회'였어요

보일지도 몰라요

불청객으로

서울 가는 버스를 기다리다가
저 멀리 멋있는 나무가 보여서
카메라에 담고 싶은 마음에 다가갔어요

멀리서도 가까이에서도 찍어보고 있는데

갑자기
개 한 마리가 나타났어요

겁을 먹고 도망쳤는데
순식간에 달려들더니 가방을 물었어요

가방이 아니라 다리를 물었다면
어떻게 됐을까요?

지금도 그 가방을 가지고 다녀요
그 가방을 볼 때마다 들리는 듯해요
불청객을 향해 으르렁거리는 소리가

학교 졸업하고
전혀 연락 안 하던 친구가
몇 년 만에 전화를 했더군요

잘사냐
잘살지
잘살아

여러 말을 했어도
생각해보면
이 세 마디 한 거 같아요

이 말이
걱정이 되기도 하고
위로가 되기도 하고
격려가 되기도 했어요

내 처지에 따라
그 친구의 말투에 따라

달라요

작년 봄과는

새 상품을 사려다가
가격이 부담돼서
중고를 알아보게 됐어요

별로 사용하지도 않았고
가격도 저렴해서
사려고 했죠

개인거래라 조금은 불안했지만
설마 하는 생각에 입금했어요

그런데
입금하고 나서
판매자와 연락이 되지 않았어요

아차 싶었는데
이미 지나버린 뒤였어요
안개 낀 터널을

알 수 있었다면

! 아하(下)

오르막인가요

내리막인가요

길이

있어요

땀을 뻘뻘 흘리며

올라가고

있는데

멀리서

누군가가

활짝 웃으면서

내려오네요

가까이에서

보았더니

그 사람은

바로

'나'였어요

싫지 않나요

당신의 모습이라면

웃어요

그러고 싶겠죠

그런데 그게 잘 안 돼죠

사진 찍을 때라도 활짝 웃고 싶은데

그것조차 이제 안 돼죠

무엇이 문제일까요

온통 불만투성일 뿐인가요

마음처럼 되는 일은 하나도 없고

일은 실타래처럼 점점 꼬여만 가고

풀고 싶은데

어디서부터 시작해야 할지 막막하고

그러다 보니

얼굴이 웃지 못하는 거겠죠

그래도 웃어요

그래야 풀려요

무관심의 대가(代價)

시험을 봤어요

틀린 문제가 있었는데
왜 틀렸는지 확인하지 않았어요

그러고는
다시 시험을 봤어요

이번에도
틀린 문제가 있었어요
다시 봤더니
저번에 틀린 문제였어요

어쩌면 같은 실수를 하는 건 아닐까요
저번에 틀린 문제를

자동차 선팅을 하러 갔어요

필름 농도를 어떻게 할지 고민하다가
옅게 하려고 했어요

그런데
그렇게 하면 하기 전하고 똑같다며
좀 더 짙게 할 것을 권했어요

그래도
운전에 방해될까 봐
옅게 해달라고 했어요

몇 시간 후에 가서 확인해 보니
정말 하기 전과 똑같았어요

후회가 되었어요
그때 말 들을 걸

내비게이션이 말하네요

지금 이 길로 가면
먼 길을 돌아오게 된다고

불치병에 걸렸어요

머리에서 열도 나고
가슴도 아픈데
병원에서는 왜 그런지 모르겠대요

밥도 못 먹겠고
일도 못 하겠고
잠도 못 자겠고

그래서
며칠간 누워만 있었더니
증상이 더 악화되었어요

그래서 다시
밥도 먹고
일도 하고
잠도 자고

그랬더니 증상이 나아졌어요

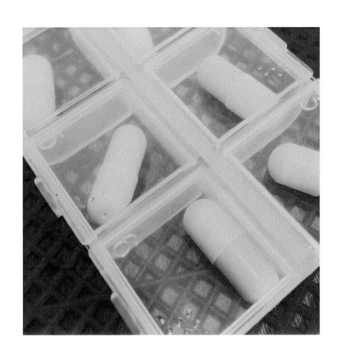

마음이 아플 때

먹는 약

힘들어도
올라가요

딱히 이유가 있는 건 아니지만
그래도 올라가요

올라가면
기분이 좋아져요

올라왔다는
그리고 이제 내려가면 되겠다는

내려가는 길은 좀 더 편할 거라고
나에게 위안을 하면서

그렇게 생각하며
내려가요

그렇게 생각하며
살아가요

다녀가요

또 올게요

무지개가 보여서

몸이 마른 다람쥐가 있었어요
산기슭에 떨어진 도토리를
좁아 보이는 통로를 다니면서
잘도 가지고 오는 것을
몸이 토실한 다람쥐가 보았어요

제법 다니기 편한 길이 있었지만
거리가 멀어 불만이었는데
저런 길이 있었다니
몸이 토실한 다람쥐는
몸이 마른 다람쥐를 따라
통로로 들어갔어요

들어갈수록 통로가 점점 좁아진다는 것을 알았지만
저 멀리 몸이 마른 다람쥐가 가는 것을 보자
발길을 돌릴 수가 없었나 봐요

결국
몸이 토실한 다람쥐는 통로에 끼고 말았어요

혹시라도 주위에서 보게 되면 도와주세요
몸이 토실한 다람쥐를

안 보였죠

안 들렸죠

엄마는
말씀하시죠

그 사람 조심해라
거기는 가지 마라
그 일은 위험하다

그런데
이상하게도
청개구리가 되네요

그러다가
원망을 해요
그때 좀 더 말리지 않았냐고

그러면
내가 말려줄게요
그러지 말라고

엄마 말은 안 들으니

어둠인지

밝음인지

TV를 켰는데
드라마가 하고 있네요

처음 보는 드라마였는데
재미있어서 보았어요

그런데
일이 생겨서 잠깐 자리를 비웠는데

돌아와 보니
동생이 다른 프로그램을 보고 있네요
자기는 전에 본 드라마라며

생방송이 되기도 하고
재방송이 되기도 하네요

보는 사람에 따라

영화를 보고
엘리베이터를 탔는데
인원이 초과돼서
엘리베이터 문이 닫히지 않았어요

서로의 눈치만 살필 뿐
아무도 엘리베이터에서 내리지 않아서
그대로 있다간
시간만 흐를 것 같아
내가 내렸어요

그랬더니
엘리베이터 문이 닫히면서 내려갔어요
내려가자마자
반대편 엘리베이터 문이 열려서
타고 내려왔어요

혹시 인원 초과된 엘리베이터에 타고 있나요?
어서 내리세요
버려야 얻을 수 있어요

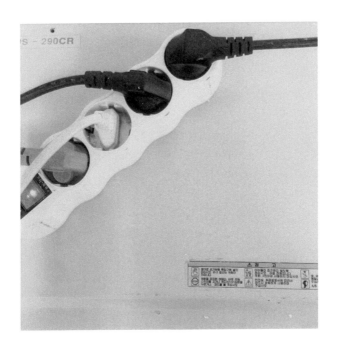

더 이상은

집을 지으려고
어디에 지을지
집터만 알아보고 다녔어요

그러다가
좋은 터를 발견했는데
모두들 좋다고 해서
그곳에 집을 지었어요

그런데
태풍이 강하게 불던 날
비바람에 휩쓸려 떠내려가 버렸죠

그 순간
집짓기 교본의 한 구절이 생각났어요

'어디에' 지을지를 생각하나요
'어떻게' 지을지를 생각하나요

좋은 자리보다

좋은 자세로

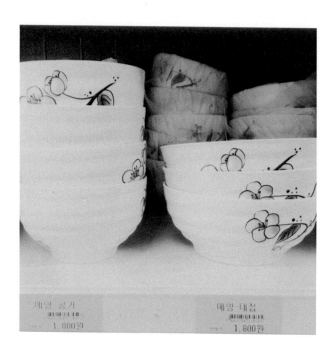

얼마인가요

당신은

미술관에서
그림을 보았는데

문득
궁금했어요

얼마짜리인지

그림을 다 보고
미술관을 나오는데
같이 갔던 친구가
볼 만한 게 없었다고 하네요

문득
궁금했어요

얼마짜리인지

그 친구에겐

비교하나요

가까이 있어서
보게 되니까

멀리 있어도
듣게 되니까

그래서
그런 거겠죠

하지만
비교가 나쁜 것만은 아니에요

다른 점을 찾고
그것에 감사해 한다면

그런데
그게 잘 안 되니까
그런 거겠죠

옳은 걸까요

사진을 찍다가
하늘을 봤어요

마침 새들이 날아다니네요

있는 것과
없는 것의 차이

공허한 하늘 프레임에
새들이 날아다니기도 하고
벗어나기도 하고

없는 것을 당연하게 여기다가도
있는 것에 익숙해지면
없는 것이 허전하고 불편하기도 하겠죠

새들이 묻는 것만 같아요
있는 것과 없는 것 중에
어느 것에 익숙하냐고

이래선
안 되나요

탁구를 했어요

여섯 살 어린 조카가
심판을 봤어요

이긴 사람 화면을 터치하면 점수가 올라가는
스마트폰 어플로

그렇게
한 시간을 했어요

그냥 보고만 있으라고 했다면
무엇을 배웠을까요
어떻게 배웠을까요

신용카드로 결제를 했어요

그런데
생각했던 것보다 많이 사용하게 됐어요

그래서
체크카드를 써야겠다고 생각했어요

그런데
나도 모르게 신용카드로 결제를 하게 되네요

그래서
지갑 속 신용카드 자리와 체크카드 자리를
바꿔놨어요

그랬더니
체크카드를 쓰게 됐어요

익숙해졌었나봐요
그 자리가

빈자리

친구와 저녁을 먹기로 하고는
식당을 찾아가고 있었어요

그런데
만나기로 한 식당이 보이지 않는 거예요

다시 위치를 확인해 보고
간판을 천천히 보다가
겨우 찾았어요

가까이 있었는데
못 알아봤던 거였어요
세월이 간판 글자를 지워놔서

그런데
친구는 쉽게 찾았다고 했어요

친구 눈에는 보였나 봐요
세월이 지운 글자가

보이나요

그래도

집 창고에
사은품으로 받은 자전거가 있었어요

운동도 할 겸
자전거를 타 보려고
창고에서 꺼냈어요

그런데
방치한 지 오래돼서
바퀴에 바람이 빠져 있었어요

바람을 넣고
페달을 밟았는데 소리도 심하고
왼쪽 브레이크가 고장이 나 있었어요

이래저래
수리비도 나오고
시간도 걸리고

자전거가 속삭이는 듯했어요
날 버려둔 대가라고

빛이 바랜 듯 보여요

위험이 닥치면
빛을 발할까요

마음에 든다면

버스를 타고 가다가
좋은 경치가 보여서
사진을 찍으려고
핸드폰을 켰어요

그런데
찍으려고 했을 땐
이미 지나가버린 뒤였어요

구인사이트에
괜찮은 일자리가 보여서
이력서를 넣으려고 봤는데
자격조건에 맞지 않았어요

버스가 지나가 버린 뒤에
누군가가 뒤에서 손을 흔들고 있네요
다시 한 번 보세요

당신이 아닌지

열어줄게요

당신에게는

나만 그런 줄 알았는데
아니었나보네요

오늘 새 친구가 생겼어요

공감도 되고
깨달음도 얻고

닫았던 문을 열어주었어요
그 친구에게는

힘들 때
외로울 때
항상 옆에 있어주는 친구
마음을 보여줄 수 있는 친구

당신도 그런 친구가 필요한가요
어쩌면 이미 당신 옆에 있는지도 모르겠네요
그 친구는 '책'이예요

통계자료를 출력했어요

기본설정으로 했더니
세로로 나와서 잘 보이지 않았어요

그래서
가로로 다시 출력했더니
전보다 숫자가 잘 보였어요

같은 용지에 출력을 하는 건데
출력 방향에 따라 달라 보이네요

혹시
지금 너무 좁아서 잘 안 보인다면
돌려 보세요
생각의 방향을

차 안에선 좁아 보이던 그 길도

차 밖에서 보면 충분히 넓어요

친구가 이사를 했다고
놀러 오라고 하네요

그래서
버스를 타고 가려고
기다렸어요

몇 번 버스가 가는지 알아내고
그 버스가 오기만을 기다렸죠

그런데
한참을 기다려도 오지 않았어요

다시 알아봤더니
버스 번호가 바뀌어 있네요

사실
계속 지나가고 있었어요
내가 몰라봤을 뿐

어쩌면

기다려도

배 타고 섬에 놀러 왔어요

한참 구경하다가 바다를 보니
배가 떠 있네요

오는 걸까요
가는 걸까요

아직 더 구경하고 싶은데

시계를 보니
다행히 아직 시간이 남아 있었어요

또
한참 구경하다가 바다를 보니
배가 떠 있네요

이젠 다리도 아프고 지겹기도 하네요

오는 걸까요
가는 걸까요

달라요

그때그때

무엇을

찾고 있나요

퍼즐 맞추기를 하다가
두 개의 퍼즐이 섞여 버렸어요

퍼즐을 맞추다 보니
처음엔 보이지 않던 그림이
보이기 시작했어요

여기에 맞는 퍼즐인지 아닌지
애매할수록 전체 그림을
자세히 관찰하게 되었어요

어떤 퍼즐조각이 필요한지 알고자 한다면
자세히 보세요

인생이라는 퍼즐판을

들어줄까요

우리 동네에
'하나만 놓고 가게'가 생겼어요

거기에
쓰지 않는 물건, 고장난 물건이
하나 둘 놓이기 시작했어요

그리고 얼마 뒤
'하나만 가지고 가게'가 그 옆에 생겼어요

텔레비전부터 자전거까지
가게에 놓였던 물건은
얼마 지나지 않아 모두 사라졌어요

사실 거기에 놓였던 물건들은
'하나만 놓고 가게'에 놓였던 물건이었어요

당신을 무겁게 하는 짐은 무엇인가요
저는 이것을 놓고 갈게요
'고민'

셀프 세차장에서
세차를 하려고
동전을 넣었더니
4분의 시간이 주어지네요

1분은 물 뿌리고
1분 30초는 닦았어요
그러고는 다시 물을 뿌렸어요

세차를 하고 나니
차가 깨끗해졌어요

그런데
세차만 한 것은 아니었나 봐요

정해진 시간 안에서
배웠어요

시간 사용법을

단지

세차만

길을 걸어가는데
건물 공사를 하고 있었어요

건축 자재를 자르는 소음이 커서
지나가는 사람들이
귀를 막고 가기도 하고
얼굴을 찌푸리기도 했어요

예전엔 시끄럽다고
투덜거리기만 했는데

저마다
소음의 크기도 다르고
대처하는 자세도 다르다는 걸
오늘에서야 배웠네요

당신에게서

사물이 거울에 보이는 것보다 가까이 있어요

사자 옆에 있던
여우는 부러움의 대상이었어요

무서운 사자를
마음대로 다루는 솜씨가
탁월했었죠

그런데
사자가 죽었어요

사자가 사라지자
그제야 연약한 여우가
보였어요

지금까지
여우를 보고 있었을까요
사자를 보고 있었을까요

보이는 것이 아니라

보여지는 것을

보고 있는 것은 아닐까요

자신의 깊이를 알까요

인터넷 쇼핑몰에서 바지를 샀어요

입어 봤더니
너무 작아서 다리가 한 쪽만 들어갔어요

그래서
반품하고 다시 주문했는데
이번에는
단추가 잠기지 않네요

몇 번 이러다 보니
내 허리치수를 알게 되었어요

인터넷 쇼핑몰에서 물건을 살 때마다
묻는 듯해요

나 자신을
얼마나 아는지

시작은 커 보이고

끝은 잘 보이지도

옷을 만들다가
옷감이 부족해서
전혀 다른 옷감으로
마무리를 했어요

옷은 완성되었지만
남들이 어떻게 볼지
자꾸 그 부분이 신경이 쓰였어요

시간이 걸리더라도
같은 옷감으로 마무리를 해야 했을까요

결국
그 옷을 입지 않게 되었어요

그 옷은 지금 어디에 있을까요

? 물음(音)

피자를 만들어 봤어요

밀가루 반죽 위에
준비한 재료를 뿌리고
예열한 오븐에 넣어 조리했어요

몇 분 후
피자가 완성됐어요

그런데
먹으려고 봤더니
어떤 쪽은 재료가 뭉쳐 있고
어떤 쪽은 재료가 비어 있었어요

골고루 뿌린다고 뿌렸는데
나도 모르게
한쪽으로 쏠렸나봐요

다시 한 번 살펴보세요
정말 골고루 뿌리고 있는지

내 눈에는 반듯해 보여요

당신 눈에도 그럴까요

누군가가 당신에게
속삭이네요

당신은 거기에 있을 사람이 아니라고
당신은 당신이 생각하는 것보다 더 대단한 사람이라고

처음에는
그 소리가 어울리지 않는다고 생각했는데
점점 그 소리에 익숙해져 가나 보네요

그러다가 깨닫겠죠
그 속삭임에
속았다는 걸

거기엔 아무도 없었어요
당신밖에

정확히 보고 있나요

점심을 먹으러
덮밥 전문점에 갔어요
같이 간 동료가
소고기 스테이크 덮밥을 시켰는데
소고기 익힘 정도를 선택할 수 없다고 했어요

그래도 먹고 싶다고 해서 주문했어요

몇 분 후
주문한 소고기 스테이크 덮밥이 나왔는데
약간 덜 익어서 붉은 빛이 보였어요

먹어 보니
잘 익은 부위보다
덜 익은 부위가 낯설고 불편했어요

익힘의 정도에 따라 달라지네요
우리의 감정도 그럴까요

낯설어요

이 순간이 지나면

곰곰이 생각해 봐도

어제 뭘 했는지

기억이 나지 않을 때가 있어요

그땐 정말

힘들었는데

지금은

무엇 때문에

그렇게 힘들어 했었는지

기억이 나지 않기도 해요

그 순간에는

천둥소리처럼 들리고

회오리바람처럼 휘감아도

잊히네요

순간이라는 시간이 지나가면

당신의 모습이 보이지 않아서

거울이 없는 창문

비치는 것은 없지만
안을 더 자세히 볼 수 있어요

그런데
안이 어두워서 아무것도 보이지 않네요

하지만
어둠에 익숙해지면
무언가가 보일 거예요

그게
당신이 보고 싶은 것인지
당신이 보기 싫은 것인지

알 수는 없어요

알 수 없으니까
더 보게 되네요

기억해 줄까요

가족끼리 여행을 갔어요
예약한 호텔방에 들어갔더니
누군가의 흔적이 느껴지지 않을 만큼
깨끗했어요

피곤해서
잠깐 누웠는데
잠이 오지 않아서

방을 찬찬히 보다가
누가 도배를 했을까 하는
생각이 들었어요

하지만
도배를 한 누군가의 흔적은 없었어요

호텔방을 나오는데
들어오기 전보다 어지럽혀져 있네요

그래도 지워지겠죠
남아 있던 흔적이
기억의 방도

고구마를 캐러 갔어요

뿌리를 따라
땅을 파 보니

하나의 뿌리에
작기도 하고 크기도 한
여러 개의 고구마가 달려 있네요

뿌리에 달린
고구마를 하나하나 캐내고
줄기와 뿌리를 걷어내다 보니
이런 글귀가 떠올랐어요

'하나의 물음'
'여러 개의 이유'

들러붙어 있어

길가에
분홍색 꽃이
피어 있어요

자세히 보니
빨간색도 하얀색도
보여요

한 가지 색으로는
그 꽃을 제대로 표현할 수 없어요

갈팡질팡하는 마음도 이런 걸까요
한 가지를 선택해야 하는데
결정을 못 하겠네요

너무 많나 봐요
마음의 색이

무슨 색

몇 도

가끔은
돌고래가 되어 헤엄쳐 다니기도 하고
용이 되어 승천하기도 해요
하늘에 떠 있는 구름이

가끔은
내 소원 다 들어주는 요정이 되기도 하고
나를 지켜주는 수호신이 되기도 해요
길가에 놓여 있는 돌무더기가

가끔은
가슴이 아플 만큼 하소연하기도 하고
신이 나서 춤을 추는 듯도 해요
하늘에서 떨어지는 빗소리가

믿거나 말거나
내 눈에는 그렇게 보여요

믿거나 말거나
내 귀에는 그렇게 들려요

무엇처럼 보이나요

무엇처럼 들리나요

그 무엇이 되길 바라나요

무슨 일 있나요

발걸음이 무겁게 들리네요

어제는 가볍더니

발걸음이 말해 주어요
당신의 기분을

시시각각 변하는 날씨만큼이나
예측하기 힘들어요

그래도
매일 기다려지네요
당신의 발걸음이

들리네요

그 자리가 있어서

그 자리에 있어서

강의실에 들어갔어요

화장실이 급해서
빈자리에 가방을 올려놓고 다녀왔어요

그런데
다녀왔더니
가방이 안 보이고
빈자리에 누군가 앉아있네요

혹시 가방 못 보셨냐고 물었더니
아무도 앉지 않아서
가방을 뒤쪽에 갖다 놓았다고 했어요

순간 따지고 싶은 마음이 들기도 했지만
다른 자리에 앉아서 생각해 보니
가방만 믿고
그 자리에 앉아 있지 않았던 내 잘못도 있었어요

혹시 당신도 너무 믿고 있진 않나요
빈자리에 올려놓은 무언가를

아직도

옮기고 있나요

컵에 물을 담아서
책상 위에 놓았어요

그런데
오른쪽에 앉은 동료가 기침을 하네요
혹시라도 물에 들어갈까 봐
왼쪽에 물컵을 놓았어요

잠시 후에
왼쪽에 앉은 동료가 기침을 하네요

이번에는
컵을 그대로 두었어요

그 대신
뚜껑으로 컵을 덮어 놓았어요

당신도 지금
여기저기 놓아 보고 있나요
컵 속에 담긴 마음을

돌고 돌아

집에서 영화를 봐요

지루한 장면이 나오면
빨리감기로 넘겨 버리고
인상적인 장면이 지나가 버리면
되감기로 다시 봐요

이번엔
누워서 영화를 봐요

지루한 장면이 나오면
빨리감기로 넘겨 버리고
인상적인 장면이 지나가 버리면
되감기로 다시 봐요

인생이라는 영화를

보이나요

들리나요

점심을 먹고 나서
너무 졸려
알람을 맞춰 놓고
잤어요

알람이 울려
일어났지만
여전히 졸려서

다시
알람을 맞춰 놓고
잤어요

그렇게
자고 일어났더니
밖에서 도로 공사하는 소음이
들렸어요

잘 때는
들리지 않았던 소리가

놀이터에서
아이들이 놀아요

모래로 산을 만들고
그 위에 나뭇가지를 꽂았네요

서로 조금씩 모래를 가지고 가더니
모래 위에 나뭇가지가 위태롭게 서 있어요

어떤 아이가 모래를 살짝 건드리자
나뭇가지가 쓰러져 버렸어요

당신 눈에도 위태위태한 나뭇가지가 보인다면
잡아주세요
쓰러지기 전에

해가 뜨거워
차가운 달이 있고

달이 외로울까 봐
별이 있는 걸까요

바닷가에서
영화 촬영을 한대요

겨울인데
여름옷을 입고 있어요

겨울까지 기다릴 수 없어서 그런 걸까요

그런데
여름이라고 생각하고 보면
여름 바다 같기도 해요

촬영이 끝나자마자
두꺼운 옷과 핫 팩으로 추위를 달래네요

속일 수는 없나 봐요
마음까지는

여름일까요

겨울일까요

더
멋지게
달리려고

더
멋지게
쉬는 중

계속 달리다 보니
다리도 아프고
배도 고팠어요

그래서
가까운 식당에 들어가서
육개장 한 그릇을 먹었어요

먹고 났더니
이번엔
졸렸어요

그래서
한숨 자고 일어났더니
전보다 더 잘 달릴 수 있을 만큼
몸이 개운했어요

오토바이도 이러겠죠
감정이 있다면

보호하기 위해 설치했던 방충망이

우산에 작은 구멍이 생겼어요

그런데
아까워서 버리지 못했어요

어느 날
날씨가 흐려서
구멍이 난 것을 잊은 채
가지고 나갔어요

갑자기
비가 쏟아져서
우산을 폈는데
비가 조금씩 들어오더니
시간이 지날수록
옷이 점점 젖었어요

옷이 젖은 그날
그 우산을 버렸어요

혹시 당신도 이런 우산이 있나요

배어 있어요

우울한 땐

빠른 템포의 노래를 들어요

그럼 기분이 조금은 풀리는 듯해요

마음이 급할 땐

느린 템포의 노래를 들어요

그럼 기분이 조금은 느긋해지는 듯해요

지금 어떤 노래를 듣고 있나요

기분은 그 반대일까요

오늘은
월급날이에요

카드대금을 결제하고 나니
잔액이 없었어요

공과금도 내야 하고
이리저리 써야 하는데

어찌해야 할까 하다가
적금을 해지했어요

어차피
찾을 거라고 위안을 했지만
무거웠어요

머리가
마음이

머리가 무겁나요

머리카락이 자랐어요

아직
자를 때는 안됐지만
걸리적거렸어요

그러다가
기분 전환도 할 겸
자르기로 결심하고
미용실을 갔어요

그런데
이 정도면 됐다며
시원하게 잘라주지 않았어요

그런가 싶기도 해서
나왔는데
조금 지나니
또 걸리적거리네요

다른가 봐요
기준이, 잣대가

어떤가요

이 정도면

무슨 맛일까요

껌을 계속 씹다 보니
단맛이 다 빠져서
종이에 싸서 버렸어요

엄마가 시장에서
깍두기 담그려고
무를 사왔다며
한 조각 먹어보라고 하시네요

처음엔
아무 맛이 나지 않았는데
계속 씹다 보니
단맛이 났어요

인생도 맛이 있다면
이런 맛일까요

이유는 없어요

소문만 있어요

아침마다 약숫물을 받아와요

내 눈에는
보통 물과 똑같아 보여요

그래도
어느 날부턴가
약숫물이라고 불리면서
아침마다 물을 받아와요

밥을 먹으려고
줄을 서서 기다려요

내 눈에는
보통 음식과 똑같아 보여요

그래도
어느 날부턴가
맛집이라고 불리면서
줄을 서서 기다려요

순간순간에 의미가 있어요

오늘은 어땠냐고 묻네요

이런저런 일이 있었다고 했어요
그랬더니 어제보단 조금 나아졌다고 하네요
그리고 내일은 더 좋아질 거라고

그날그날
같은 일의 반복이라고 생각했었는데
아니었어요

그날그날
달라지네요
미묘하게

점점 궁금해지네요
그 사람과 이야기하는 게

그 사람
'일기'라고 불러요

위를 올려다봤어요
아래에 있을 때는

아래를 내려다봤어요
위에 있을 때는

어디에 있나요
어떻게 보고 있나요

어디에 있든지
잊지 말았으면 해요

당신도
한때는 거기에 있었다는 걸
어쩌면 거기에 있을 거라는 걸

위

아래

지금
당신에게
아름다워 보이는 것이 있다면

어쩌면
너무 멀리서 보거나
너무 가까이서 보거나

아니면
콩깍지가 씌인 건 아닌지
남의 말에도 귀 기울여 보세요

언젠가
후회하지 않았으면 해요
콩깍지가 벗겨지는 그날에

작은 것은 크게
큰 것은 작게

소원나무가 있어요

소원을 빌면
이루어진다고 해서
빌었어요

잘 살게 해 달라고
여기 오지 않아도 될 만큼

처음에는 힘들어서 그랬는데
이제 찾아오는 게 힘드네요

너무 멀리서 찾았을까요
소원나무를

들어 주세요

누구의 시선으로

디자인 시안을 보여 주면서
한 가지를 선택하라고 하네요

디자인 옆에 선택한 횟수가 그어져 있어요

내 눈에 좋아 보이는 걸 선택하면 되는데
자꾸만 사람들이 많이 선택한 디자인에 눈이 가네요

그러다가
사람들이 선택하지 않은 디자인을 선택했어요

그런데
자꾸만 사람들이 많이 선택한 디자인에 눈이 가네요

어떤 세상이 보이나요

통나무를 쌓았어요
불을 지피려고

틈새로 따뜻한 세상이 보여요
내 눈에는

오늘도 불안하게 하루를 보냈어요
그날이 올까 봐

틈새로 야박한 세상이 보여요
통나무 눈에는

멈추지 말아요

나비가 날갯짓을 해요

새로운 날갯짓이
그 전의 날갯짓을
덮는 것처럼 보여요

순간이 순간을 덮으면서
앞으로 나아가는 것처럼 보이네요

사라지는 것이 아쉽고 안타깝지만
그런 사라짐이 있기에
앞으로 나아갈 수 있는 거 아닐까요

때론 아무 의미 없는 날갯짓으로 오해 받을지라도
멈추지 말아요

언젠가 설명해 줄 거예요
시간의 거리가